Я ПРИЗРАК

Н.НЕЛЛ

СОДЕРЖАНИЕ

Эта история случилась со мной в начале 90-х. Подули ветры перемен, сметая все на своем пути: правду и ложь, интуицию и здравый смысл, логику и абсолютный бред... Началось энергетическое брожение. Тогда я впервые усомнился в своей реальности.

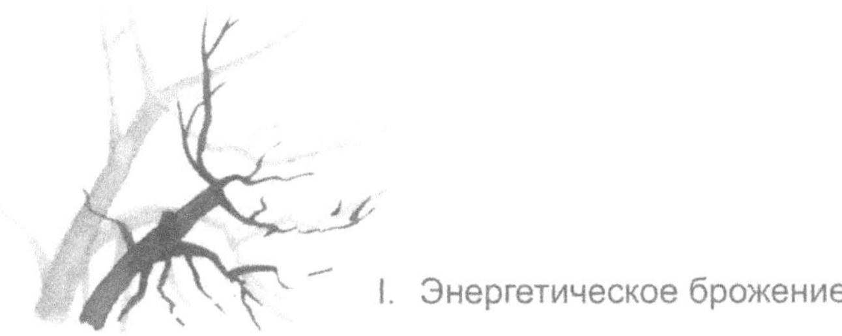

Порывистый ветер срывал листву со спящих деревьев, протяжно выл на луну, бросая в лицо осеннюю сырость. Разряды молний рассекали тучи, припечатывая их к небу.

Силуэт старой усадьбы был едва различим в сумраке осеннего парка. Там ждал меня мой друг, с недавних пор служивший сторожем в музее. Я вдруг представил, как он сидит в своей каморке, поглядывая на часы и не подозревая, что я уже рядом, и что разбушевавшийся ветер пытается выдворить меня назад, за причудливые чугунные ворота.

До здания музея оставалось метров двести. Чтобы сэкономить время, я свернул с парковой дорожки и пошел напрямик по мокрой траве газона. Я шел, придерживая рукой ремень чехла с новой гитарой. Это был акустический Fender. Я захватил его с собой, чтобы похвастаться другу ценным приобретением. Он хоть и барабанщик, но знает толк в акустике.

Дождь усилился. Я опустил голову и, пряча лицо от ветра, начал считать шаги. Сильный удар сбил меня с ног.

Потеряв равновесие, я рефлекторно прижал к себе гитару и чудом приземлился на колено. Ощупав чехол и убедившись, что с гитарой все в порядке, я встал. Жмурясь от боли, я поднял голову и прямо перед собой увидел массивный ствол паркового дерева.

– Черт! – ругнулся я.

Я был в отчаянии и, казалось, потерял ориентацию. Еще минуту я стоял, пялясь на гигантский ствол и пытаясь сообразить, куда идти. Наконец, я сделал шаг в сторону и увидел, что метрах в тридцати от меня лужайка обрывалась. За ней на асфальтированной площадке скучал под дождем фонтан с двумя херувимами. Метрах в двадцати от него возвышалось здание старинной усадьбы Любанцево. Портик парадного подъезда был закрыт строительными лесами.

Я обошел фонтан и направился вдоль фасада в поисках другого входа. Ветер внезапно стих. Замедлив шаг, я обернулся назад, чтобы еще раз взглянуть на деревянного истукана, который чуть не прикончил меня. Только теперь я заметил, что верхняя часть ствола дерева рассечена пополам. Черные ветви тянулись вверх, обнимая луну. И все это напоминало декорацию из какого-то ужастика. Мне сразу же пришла на ум считалочка из «Фредди Крюгера», которую пели призраки детей, и тут же придумался свой стишок, который вполне бы был здесь уместен.

– Раз-два, раз-два… Давно уж Маклай ожидает меня… Три-четыре, Раз-два… Я уже близко, рядом я…

Пропев свою считалочку охрипшим баритоном, я понял, что было бы лучше, если бы то же самое сделал за меня детский хор. Впрочем, и без этого я почувствовал себя персонажем хоррора, который планирует провести время в усадьбе, кишащей призраками.

Дойдя до конца дома, я поднял голову и посмотрел на окна, безуспешно надеясь обнаружить там хоть какой-то свет. На мгновение мне даже показалось, что в окне второго этажа с небольшим полукруглым балконом мелькнула чья-то фигура. Я отвел глаза и снова посмотрел на окно. Конечно же, я больше ничего не увидел. Возможно, это был блик от луны или всполох молнии на стекле.

На самом деле, я убежденный агностик и не верю, ни в бога, ни в призраков, ни в инопланетян, а значит даже если для кого-то они и существуют, то для меня их нет. И никогда у меня не появлялось желание соприкоснуться с другой реальностью, даже если появится такая возможность.

Я повернул за угол здания и, наконец, обнаружил заветную дверь. Выглядела она довольно скромно. Вместо исторического декора ее украшал небольшой козырек из поликарбоната и пара бетонных ступенек.

Я поднялся к двери и нажал на кнопку звонка. Довольно быстро послышались шаги, дверь приоткрылась и мой друг нарисовался на пороге.

– Ну, наконец-то, чувак! – с досадой проговорил он, – Я уж решил, что не судьба. Какого хрена ты так долго ехал? Ты что, пешком из города шел? Я уже думал чо случилось. Хотел чувакам звонить. Может ты забухал, бро?..

– Я тоже рад тебя видеть, Мак! Но вчера был трудный день, а сегодня я полдня проторчал на вокзале. Может, для начала впустишь меня, бро?

– Прости, братан! Заруливай, конечно!

Маклай широко улыбнутся и резко потянул меня за руку. Я оказался в темном коридоре, в конце которого светилась щель приоткрытой двери. Сунув руку в карман, я достал ключ от гримерки, на котором болтался фонарик-брелок, и посветил им на обшарпанный деревянный пол коридора.

– И чо стоим? – поинтересовался Маклай, – Шевели булками, Ван!

Хлопнув по плечу, он пошел вперед, указывая мне путь. Направив луч от фонарика в спину моего друга, я последовал за ним, пропуская мимо ушей его рассказы о том, как он замечательно здесь устроился.

– У нас тут намечается ремонт. Так что, пока на выходных

здесь пусто. Вполне можно замутить квартирник, – сказал Мак и это единственное, что я услышал из его болтовни.

– Без электричества? – поинтересовался я.

– Это временно, бро! Утром свет будет. Ну, а пока у нас есть камин – просто охрененский!

– Похоже, меня ждёт холодный ужин при свете камин в компании подвыпивших призраков, – улыбнулся я.

– Типа того!.. А чем тебе призраки не угодили? Тоже люди… Были когда-то!– хихикнул Маклай.

– Умеешь ты подбодрить, дружище, – заметил я, прислушиваясь к скрипу пола под ногами.

– Шучу, Ван! Я, как сюда переехал, все раритеты и мебель уже укатили на реставрацию. Так что... с мистикой пока не густо.

– Надеюсь, пара табуреток и столик эпохи застоя у тебя найдутся?

– И даже старый диван и чешское кресло-трансформер от бывшего сторожа, – добавил Маклай.

– Боюсь спросить. А сторожа что?.. Забрали призраки?

– Сам ушел, негодяй! – засмеялся Маклай,– Нашел работу в городе…

Он подошел к двери и толкнул ее плечом.

– Ну!.. Вот мы и дома!

Переступив порог каморки, я был приятно удивлен. На самом деле это была просторная комната с потолочной лепниной, плюшевой портьерой на окне. Но самое главное в центре стены красовался камин – «охрененский», как справедливо заметил мой друг.

– Ого! Это и есть каморка папы Маклая? – улыбнулся я.

– Ну!– гордо подтвердил Мак, – Кажись, здесь раньше жил дворецкий или приказчик...

– Не хило ты устроился, Мак!

Я подошел к дивану, сбросил на него свой рюкзак и кивнул в сторону камина.

– А очаг настоящий?

Мак провел ладонью по каменной полке и изрек:

– Обижаешь! Восемнадцатый век, чувак! И вполне себе рабочий. Кстати, у меня тут и электроплитка имеется.

Маклай указал на кухонный столик у окна, на котором стояла вполне приличная электроплитка и куча всякой кухонной мелочи.

– Да, ты располагайся, Вано! Салатик, огурчики, бутеры… есть самогон!

Он подошел к журнальному столику, накрытому всякой всячиной.

– Один момент!

Я аккуратно поставил гитару в угол между диваном и стеной, достал из рюкзака бутылку водки и пару банок тушенки и поставил все это на стол.

– Я водку привез, брателло!

– Круто, чувак! – оживился Маклай,– Самогон оставим в резерве.

Он взял банку с тушенкой и покрутил её в руках.

– На ночь жрать вредно, Мак.

– Да, я полдня на ЗОЖе! – возмутился он,– Оливье для тебя берегу.

Маклай похлопал себя по животу.

– Можно сказать, пухну от голода!

Он окинул меня взглядом и замер в недоумении.

– Слышь, Вано!.. А что ты такой мокрый?

– Ты небо видел? – поинтересовался я.

– Посмотри на пол, Вано!

Я посмотрел вниз и понял, что он имеет ввиду. От стекающей с меня воды на полу образовалась приличная лужа.

– Черт! Есть во что переодеться?

– Расслабься, чел! Мы тебя подсушим.

Он подошел к комоду, достал оттуда растянутый джемпер и спортивные штаны.

– Держи!– крикнул Маклай, бросив одежду на диван.

Я приложил к себе штаны моего друга. Они были явно широки и слегка коротковаты.

– Нет другого размерчика?– улыбнулся я.

– Оверсайз, – успокоил меня мой друг, – На штанах, кстати, есть шнурок для подгонки.

Я переложил брелок с фонариком в карман сухих треников Маклая. Сбросив мокрые рубашку и джинсы на пол, я облачился в маклаевский прикид. Тем временем, мой друг уже разложил мои вещи на каминной полке.

– До завтра высохнут!– пояснил он и устроился в кресле у камина.

Не обнаружив в комнате зеркала, я повернулся к Маку:

– И как я тебе?

Тот на мгновение задумался, потом одобрительно кивнул и показал рукой лайк.

– Классно, чувак!

Он откупорил литровую бутылку водки, и начал переливать её содержимое в старинный штоф, стоящий на столе рядом. Сидя на диване, я с интересом наблюдал за этим, на мой взгляд, бессмысленным процессом.

– Теряешь ценную жидкость,– заметил я.

– Спокуха, чел! У меня все, как в аптеке, – пообещал мой друг.

И правда, не пролив ни капли, он наполнил старинный штоф и радостно объявил:

– Видал?.. Десятириковый!

– Чего?– не понял я.

– Объем, говорю, – одна десятая ведра или десять чарок. Короче, по-нашему, один и двадцать три сотых литра.

– Классная посудина!– улыбнулся я.

– С 1870-го года! Это я у реставраторов отжал и плюс еще три крутых фужера с гербами для особо торжественных случаев.

Маклай поставил перед собой две стопки с надписью "Russian vodka" и наполнил их из штофа. Я с недоумением посмотрел на стопарики.

– Чо-то я не понял, Мак? А где фужеры?

– Кто ж из фужеров водку пьет?– усмехнулся он и подвинул ко мне стопку.

– Ну, Вано! Рассказывай, чо-как?!

– Все по старому, если не считать, что пока к тебе шел, врезался в дерево в вашем парке.

Маклай внимательно посмотрел на меня.

– Дерево цело?

– Стоит на лужайке.

Я кивнул на глухую стену, которая, по моим предположениям, должна была выходить на парк.

– Ствол, правда, пополам, но я, как видишь, выжил.

– А-ааа! Так ты про тополь, чувак?.. Который перед домом?… Я понял! Так это не ты его сломал. Молния лет сто тому назад по нему жахнула.

– Ну, у меня прям отлегло,– усмехнулся я.

Я потрогал свой лоб и нащупал небольшую шишку.

– Легко отделался, бро!

Мак поднял свой стопарик.

– Твое здоровье!

Мы опрокинули по стопке. Маклай крякнул от удовольствия и изрек:

– Водка супер!

– Вообще-то, гадость, – поморщился я,– Но пробирает!

– Да, ладно, тебе, Ван! Тут на несколько километров одно сельпо. Водяры нет вообще. Одна самогонка…

Он взял банку с тушенкой и прочитал этикетку:

– Говядина тушеная. Высший сорт!.. Может, откроем?

– Есть чем? – поинтересовался я.

Мак указал рукой на кухонный стол у окна.

– Там у плиты открывашка!

Я встал с дивана и подошел к плите. В самом углу у стены действительно лежала старая советская открывалка, похожая на серп и молот.

– Нашел!

Я взял открывалку, случайно зацепив кусок отслоившихся обоев. Бумага затрепетала и за ней показался фрагмент пожелтевшей газеты.

– Вилки захвати! – крикнул Маклай,– Там в стакане!

Я нашел вилки и невольно опять посмотрел на обоину. Не смотря на все законы физики, она все также бойко продолжала трепетать.

– Похоже, у тебя тут сквозняк!– предположил я.

– Это не сквозняк, Вано... Это энергетическое брожение! – объявил мой друг.

– Может это мышки?

– Не-а! Недавно потравили с гарантией.

Я достал из кармана свой фонарик-брелок, включил его и осторожно отогнул обоину, направив луч на газету.

– Мышей нет, но есть какая-то газета, – сообщил я.

– Круто! И чо пишут?– поинтересовался Маклай.

Я наклонился к стене и увидел колонку объявлений:

– Требуется белошвейка в мастерскую... Требуются два исполнительных извозчика трезвого поведения на постоянные годовые места... Продаются щенки датского дога с хорошей родословной... Слово «щенки» обведено чернилами.

Я обернулся и посмотрел на Маклая, который, отставив в сторону тушенку, с удовольствием уминал салат.

– Похоже, местный граф борзым предпочитал догов, – усмехнулся я.

– Ошибаешься, Ван. Давай сюда открывашку и я расскажу тебе в чем прикол.

Я вернулся к столу. Забрав у меня открывалку, Маклай заговорщически наклонился ко мне и прошептал:

– А если догов предпочитал не граф, а графиня?

– Хорош, дуть мне в ухо, придурок!

Мак откинулся на спинку кресла и начал смеяться. Как только приступ веселья закончился, он наполнил стопки и продемонстрировал неожиданную осведомленность в личной жизни бывшей хозяйки усадьбы.

– Я серьезно, чувак!.. Я видел купчую в архиве. Там была ее подпись. Учитывая, что графиня Любанская купила собаку с родословной и породы «не как у всех», можно сказать – продвинутая была чувиха!

– Чувиха,– усмехнулся я, – А граф, значит, чувак.

Маклай поставил банку тушенки перед собой и, вонзив в нее открывалку, быстро вскрыл.

– Не цепляйся к словам, Вано! Не вижу разницы между чуваком и графом.

Подцепив солидный кусок говядины, Маклай отправил его в рот.

– А почему порода «Не как у всех»?

– А ты не в курсе?.. Раньше же-ш все фанатели от борзых. А Любанская – от догов. Зачетная дамочка, бро, и…секси.

– Это тоже было в архивах?– поинтересовался я.

– Нет. Я портрет ее видел. Правда мельком… Когда тут все выносили. В общем, ничо так тетка… Огонь!

Маклай подвинул тушенку в мою сторону и, развернувшись к камину, поворошил угли чугунной кочергой, вызвав искря-щееся облако.

– Кстати, тут наверху ее спальня.

Он повернулся ко мне и кивнул на лестницу.

– Надеюсь, ее там нет?

– Как сказать? – ухмыльнулся Маклай.

Он взял штоф и наполнил наши стопки.

– Ну!.. Давай жахнем, Ван?!

Мы выпили еще по одной. Он посмотрел в угол, где стояла моя гитара.

– Кстати, ты как насчет поиграть?.. Можем завтра. Ты ведь

с инструментом приехал?

Он кивнул на стоящий в углу чехол и хитро улыбнулся.

– Или ты водяру в чехле привез?

– Конеш… водяру! Нахрен мне гитара, если есть водяра.

– А я о чем! Значит, заметано, – засмеялся Маклай.

Не знаю почему, но я не стал показывать Маку новую гитару. Подумал, оставить вау-эффект на завтра.

Мы выпили еще по одной и я запустил руку в банку с огурцами.

– Местные кьюкамберы! – сообщил Маклай, – Малосольные!

Я положил огурец на бутерброд с тушенкой и откусил кусочек.

– О!… Классные огурчики! Откуда такие?

– Из местного сельпо. Домашними соленьями приторговывают… Бизнесмены, блин!

Маклай хохотнул и наполнил стопки.

– Притормози, Мак! Я еще от вчерашнего не отошел.

– А что у тебя вчера?

– Труппу провожали на гастроли. Проснулся в гримерке и сразу к тебе.

– А тебя чо не взяли?

– Я же рабочий сцены, Мак. Куда я без нее? – усмехнулся я, – А если серьезно, я взял отгулы. Есть возможность поиграть на корпоративе… Надо порешать.

– Круто! Я в деле, чувак.

– Кто б сомневался.

Я потянулся вилкой к салату. В этот момент раздался глухой удар из коридора, будто кто-то ломится в дверь. От неожиданности вилка выскользнула у меня из рук и упала на пол. Я посмотрел на Маклая.

– Мы кого-то ждем?..

Даже не дрогнув, мой друг выдавливал майонезного "червячка" на остатки своего салата.

– Не парься, Ван. Тут это норм – ветер.

Я поднял вилку и положил её на стол.

– Я все-таки проверю.

Я вышел в темный коридор, включил фонарик и направился к входной двери. Прислушиваясь к каждому звуку, я дошел до конца коридора. С улицы было слышно лишь монотонное постукивание дождя по козырьку над входной дверью.

– Кто там?!– громко спросил я.

Ответа не последовало. Я медленно отодвинул щеколду и приоткрыл дверь. Холодный ветер ударил мне в лицо и молния, как вспышка гигантской фотокамеры, озарила раздвоенный ствол векового тополя. Несколько секунд я стоял ослепленный светом, не решаясь пошевелиться. Раздался раскат грома. Я резко дернул за ручку, захлопнул дверь и задвинул щеколду. Я развернулся и быстро пошел обратно.

Первое, что я увидел, когда вернулся, это как мой друг опустошает очередной стопарик. Покончив с этим, он посмотрел на меня и мило улыбнулся.

– Ну, чо? Проверил?..

– Жесть… Похоже, на конец света, – ответил я.

Взяв со стола салфетку, я промокнул мокрое от дождя лицо. Потом плюхнулся на диван и, откинувшись на спинку, закрыл глаза.

– Да ладно тебе, Ван! Признайся, ведь круто же?! Ну, когда еще вот так ты увидишь конец света?

Он подбросил в камин поленья и, скорчив тоскливую гримасу, продолжил:

– Рутина, чувак… Ну, сидишь ты там у себя в театре под сценой. Туда даже воздух не доходит. А здесь природа!.. Адреналинчик!

Я открыл глаза и недоверчиво посмотрел на Маклая.

– Перебор тут у тебя с адреналинчиком.

– Забей, бро!

Маклай подвинул ко мне штоф.

– Если ты и прав, Мак, то только в том, что надо расслабиться.

Я взял штоф и наполни из него стопарик, Потом залпом опустошил его.

– Ну!.. Другое дело, чувак! – улыбнулся Маклай.

После очередной стопки мне действительно стало легче. Гром и молния уже не казались концом света. А шум дождя за окном усиливал эффект релакса.

– Послушай, Мак, похоже, ты в теме... Что это за прикол с призраками в музее? Это что?.. Замануха для посетителей или очередная массовая шизуха?

– А ты еще не догнал?

Я пожал плечами.

– Это не прикол, Ван.

Маклай взял двумя пальцами тонкий ломтик салями.

– Смотри, чувак!

Я посмотрел на ломтик, который вдруг дрогнул и начал слегка вибрировать, совсем как отслоившаяся обоина в углу. Несколько секунд Мак держал салями на весу, потом закинул в рот, и тщательно прожевав, проглотил.

– Как тебе такое?

– Может у тебя просто рученки дрожат?

– Попробуй сам!

Он протянул мне салями. Я взял ломтик двумя пальцами и внимательно посмотрел на него. Пару секунд салями, зажатая в руке, неподвижно висела.

Я усмехнулся, потом поднял глаза и посмотрел на Мака.

– И что?

– Сам посмотри, – спокойно ответил мой друг.

Я посмотрел на салями и увидел, как ломтик колбасы начал слегка подрагивать в моих руках. Я разжал пальцы и колбаса упала на пол.

– Ну, на пол-то зачем бросать?! – огорчился Маклай.

Он подошел, поднял колбасу с пола и точным броском

отправил её в мусорную корзину, стоящую у окна.

– Я не понял… Что это было? Спросил я.

Не знаю. Типа, какая-то аномалия, чувак,– заключил Маклай.

– Аномалия?– переспросил я и посмотрел в угол с отслоившейся обоиной.

Но на этот раз обоина была неподвижна. Маклай тоже посмотрел в угол.

– Не всегда срабатывает, но довольно часто.

Послышался едва различимый скрип со стороны лестницы, ведущей на верхний этаж в спальню графини.

– О!.. Слышал?.. К себе пошла, прокомментировал Маклай.

– Кто? – не понял я.

– Аннета.

– Какая, на хрен, Аннета?

Мой друг на мгновение задумался, вспоминая, видимо, какая Аннета. В этот момент я вдруг почувствовал, как откуда-то повеяло холодом.

– Ну, вот. Теперь реально сквозняк! – с досадой заметил Маклай,– Похоже, Ван, ты не задвинул щеколду.

Мак встал и направился в коридор.

– Но я задвинул, – сказал я вслед уходящему Маклаю.

Как только Мак скрылся за дверью, скрип с лестницы прекратился. Точнее, его сменил вполне понятный щелкающий звук задвижки, с которой в коридоре возился мой друг.

Я вдруг почувствовал, как капля пота, щекоча кожу, медленно стекает по моему лбу. Я взял со стола салфетку и промокнул лоб. Потом наполнил из штофа свою стопку. Мне показалось, что водка слегка вибрирует за стеклом. Я осторожно коснулся стопки и вибрация тут же прекратилась.

Сзади прогремел голос Мака

– Порядок, чувак!

Он треснул меня по плечу. Я резко обернулся, случайно задев челюсть Маклая.

– Ты сбрендил, Ван?! Ты чуть не выбил мне зубы!

Я растерянно посмотрел на Мака.

– Ты напугал меня, Мак!

Ступенька на лестнице вдруг скрипнула опять. Мы переглянулись.

Мак поднял руки и тихо сказал:

– Это не я, чувак…

Мы уставились на лестницу, потом друг на друга.

– Не спугни её, Ван,– прошептал он, приложив к губам палец.

Скрип тут же прекратился.

– Что за долбанные звуки, Мак?– шепотом возмутился я,– Может, нам уже хорош бухать?.. Может у нас с тобой уже «белка»?

– Это не «белка», – прошептал Мак.

– А что это, по-твоему?!

– Не паникуй, бро. Здесь такая фигня… Ты про временные голограммы, слышал?

– Про что?

– Про голограммы из прошлого. Я по телеку видел. Вот представь, вполне реальный чел в историческом прикиде бродит по историческому месту. Само собой, никого не трогает… В чем секрет?

Я тупо уставился на Мака, не понимая, о чем это он.

– А это не чел, бро! Это его оптическая копия из прошлого. Ну, или бывает еще звуковой клон.

– Что за хрень ты несешь, Маклай?

– Я про графиню, чувак! И это не хрень.

Он подвигал пострадавшей от моего удара челюстью, стараясь понять все ли на месте.

– Я правда не хотел… Может лёд принести?! – предложил я.

– Тебе круто повезло, чувак, что я тебе тоже не врезал.

Он продемонстрировал мне свой правый бицепс. Потом

взял со стола мой стопарик с водкой и быстро проглотил содержимое.

— Прости, чел, — нужно срочно снять стресс после твоих приемчиков.

Занюхав водку кусочком черного хлеба, он схватил штоф и восстановил содержимое моего стопарика.

— Теперь лучше.

Мак сделал себе бутерброд с сыром и, обойдя стол, уселся в потертое кресло.

— Объясняю для особо тупых! Призрак молодой графини Анны Сергеевны Любанской, на самом деле, не призрак, а голограмма! Проще простого, чувак.

Глядя на Маклая, я опять вспомнил про белую горячку и подумал, что глюки от «белки» все-таки лучше, чем голограммы из прошлого, слоняющиеся по усадьбе. По крайней мере, горячка как-то лечится. Однако, мой друг был явно другого мнения.

— Поверь, Вано, она совершенно безобидна. Ее даже не всегда видно. Просто звук или скрип. Втыкаешь?

— Жуть, как занимательно, — отреагировал я.

— А я о чем! — радостно подмигнул Маклай.

Он потянулся за штофом и наполнил наши стопарики.

— Ну, что?.. Погнали?!

Мы выпили еще и я почувствовал, что все эти аномалии начинают меня утомлять.

— Послушай, Мак — пробурчал я,— Думаю, что эти твои голограммы из прошлого — это тупо симптомы алкоголизма... сигнализирующие, что пора переходить на йогурт.

— Не продвинутый ты чувак, Вано! — расстроился Маклай, — Сравнить «белку» с голограммой... Заблуждение, Ван! Вот послушай лучше, что я нарыл про эту графиню.

Он взял стакан, наполнил его соком и сунул мне в руку.

— Пей сок, бро! Взбодрись, но поверь, призраки от этого не исчезнут.

Я сделал несколько глотков и поставил стакан на стол.

– Ладно, выкладывай, что ты там нарыл?

Поискав глазами рюкзак, я дотянулся до него и достал пачку «Примы».

– Так что за история?

Мак тоже потянулся за «Примой». Мы закурили.

– Темная история... С летальным исходом, – наконец, сказал он.

Сделав затяжку, Мак выпустил несколько колечек дыма и, наблюдая за их левитацией, продолжил.

– Аннет вышла замуж не по любви, что, впрочем, было тогда обычным делом. Ее жених, граф Любанский Александр Андреевич владел усадьбой и большими бабками. Известно также, что он подумывал заняться бизнесом – построить деревообрабатывающий заводик. В общем, делчел. И вот в свой сорокет надумал он жениться на двадцатилетней сироте благородного происхождения. Он предложил выйти за него и Аннет решила сходить... В смысле, замуж.

Сверху опять послышался странный звук, будто что-то наверху покатилось. Мы синхронно замерли и переглянулись. Звук прекратился и Мак продолжил:

– Типа у них все было серьезно, но после двух лет в общем-то удачного брака что-то пошло не так. Аннет влюбилась в нового губернатора со странной фамилией Гурнов-Чертынцев. Тот, кстати, первый замутил.

Мак хмыкнул и поморщился.

– Упс! Ну, с кем не бывает... Так вот, питая почти родственные чувства к мужу, Аннет так и не смогла сделать выбор. В общем, она утопилась в собственном пруду. Как-то так, бро.

– Конец был скомкан, Мак, – заметил я, – И остальное... Что за голимая попса, Маклай?!

– Только на первый взгляд... Главная фишка в том, что дог графини последовал за ней.

– Последовал куда?

– В пруд, чувак!

Я озадаченно посмотрел на Маклая.

– Ты хочешь сказать, что дог тоже утопился?

– В точку! Двойной суицид и, как следствие, голограммы из прошлого. А это, Ван, уже и не попса, а хард рок!.. С приджазованным аккомпанементом.

Закончив свой рассказ, Маклай продолжил банкет, добавляя сок в водку и загружая тарелку очередной порцией салата.

– Ну, как тебе история? – поинтересовался он.

– Говорю же попса и несостыковочек многовато.

– Например? – обиделся Маклай.

– Ну, скажем, откуда у какого-то ростовщика вдруг щенки датского дога?

– Ну, это элементарно, чел! Возможно, они пошли в счет долгов какого-нибудь местного заводчика или разорившегося аристократа.

Маклай взял вилку, зацепил ей салат.

– Уверен, что так и было, – уверенно заявил он и отравил салат в рот, – Ростовщик – это ж тебе не ломбард, чувак. Туда не только золото принимают.

Маклай вспомнил о том, как однажды он пытался заложить в ломбард свою ударную установку, но ему предложили сдать её комиссионку бла-бла-бла…Слушал болтовню Маклая, я начал засыпатьи мне приснилось, как серый щенок дога лизнул меня в лицо.

– Эй, Вано! Позырь, что нашел! – услышал я сквозь сон голос Мака.

Я открыл глаза и увидел, как тот запускает руку в мой рюкзак и достает оттуда вторую бутылку водки.

II. Это же Сфинкс!

Аннет стояла в тесной прихожей, наблюдая за тремя щенками, копошащимися в корзине. Он заметила, как серый щенок лизнул в нос своего черного собрата.

– Какая прелесть! Сколько за них хотите?

Ростовщик в поношенном суконном сюртуке, переминаясь с ноги на ногу перед нарядной дамой, растянулся в щербатой улыбке.

– Тридцать рубликов, сударыня.

– Помилуйте, голубчик, борзые и то дешевле.

– Редкостная порода,– пояснил ростовщик,– Этот... Как его, прости господи. Датский... дог!

Он услужливо улыбнулся.

– Вы только гляньте, сударыня, черныш-то прямо на Вас зоркает. Может его возьмете?.. Кхе-кхе...

Щенки неуклюже карабкались друг на друга и забавно потявкивали. Самый крупный из них, черного окраса, взобрался на серых собратьев и перевалился через край корзины. Он плюхнулся на обшарпанный пол и покатился к ногам графини. Потом быстро вскочил на четыре лапы и ухватился зубами за край ее шерстяного платья, изобразив что-то вроде рычания. Потом вдруг он отпустил ткань и, переключив внимание на приоткрытую дверь прихожей, замер. В этот момент он был удивительно похож на египетское изваяние.

– Это же Сфинкс! – воскликнула Аннет.

Она и взяла щенка на руки и поцеловала в кожаный нос.

– Прохор, голубчик, рассчитайся с господином Каталкиным, – обратилась она к своему приказчику.

Тот кивнул в ответ.

Подписав бумаги и, не дожидаясь расчета, Аннет направилась к выходу со щенком на руках.

Новенький экипаж подъехал к парадному подъезду усадьбы. Из него вышел Прохор. Он протянул руку, чтобы помочь барыне выйти из экипажа. В руках у Аннет был завернутый в шаль щенок.

– Ты можешь быть свободен, голубчик, – сказала она Прохору, направляясь к парадной двери.

Осторожно придерживая щенка правой рукой, Аннет вошла в прихожую и поднялась по лестнице, ведущей в гостиную.

– Александр!.. Я пришла! – громко сказала графиня.

Так и не получив ответа, она пересекла зал.

– Иду, любовь моя! – послышался голос графа из коридора.

Аннет пересекла гостиную и у выхода в коридор чуть не столкнулись с графом. Прижав питомца к груди, она отскочила в сторону и едва не потеряла равновесие.

– Бог мой! Ты напугал меня, Александр! – воскликнула Аннет.

– Прости, дорогая! Ты не ушиблась?..

Граф Любанский попытался обнять жену, но Аннет резко отстранилась.

– Как ты неловок, Александр! Ты покалечишь мне Сфинкса!

Она приоткрыла шаль, показав щенка мужу.

– Что это, любовь моя?– растерянно спросил он.

Графиня с умилением посмотрела на щенка и улыбнулась.

– Наш новый питомец.

– Душа моя,– изумился граф,– Но разве это борзая?!

– Конечно, нет, милый! Это датский дог. Я выкупила это чудо у ростовщика.

– Постой, душа моя, но мы хотели борзую?

– Борзую?.. Все хотят борзых, любимый. Даже графиня Тулина! Уж на что оригиналка, и та помешалась на борзых.

– Прости, дорогая, но…

– Ты только посмотри, какой милашка!

Аннет, опустила щенка на пол. Растерянно озираясь по сторонам, он попятился обратно к графине.

Графиня нежно посмотрела на щенка и по её лицу пробежала тень сомнения. Она перевела взгляд на Любанского.

– По-моему, он боится!

Аннет посмотрела на окно.

– Здесь очень мрачно, дорогой. Нам нужно заменить эти ужасные портьеры. Этот темно бордовый… Этот цвет его определенно пугает.

– Не придумывай, мон шер. Это фамильные шторы.

– О чем ты, Александр?!

Она наклонилась к щенку и погладила его по голове.

– Не бойся, малыш! Конечно же, мы уберем эти ужасные шторы.

Она умоляюще посмотрена на Любанского.

– Бежевый идеально сюда подойдет, дорогой.

– Но, дорогая…

– Не беспокойся любимый! Мы закажем портьеры с фамильным гербом.

– Но…

– Я так рада, что ты понимаешь меня, Александр!

Аннет обняла мужа и поцеловала его в щеку. Потом обернулась и опять посмотрела на щенка.

– Это важно для меня, дорогой… Посмотри же на него! Я назвала его Сфинксом. Не правда ли похож?

Граф скептически посмотрел на щенка, потом вздохнул и устало улыбнулся.

– Чудная собачка, мон шер.

Сфинкс тявкнул в ответ и тут же под ним образовалась небольшая лужа. Взяв со стола колокольчик, графиня позвонила в него, вызывая горничную.

Я проснулся от пронзительного звона, но едва смог открыть глаза. Я увидел облупившийся потолок с растительной лепниной. Попытка пошевелиться закончилась полным провалом и это меня напугало. И тут я вспомнил, что читал про такое в каком-то популярном журнале. Смысл в том, что если разбудить человека во время глубокого сна, то какое-то время он не способен двигаться. Это сонный паралич –своеобразная самозащита организма от непредсказуемых движений во сне. Решив, что со мной произошел тот самый случай, я стал ждать, когда мое тело поймет, что пора отключить это долбаную защиту. Кроме того, я был уверен, что сейчас проснется Мак и вырубит свой долбаный будильник. Однако, я лежал, а звон продолжался, не мешая моему другу сладко спать. Пролежав так еще пару минут я, наконец, почувствовал, что могу пошевелить пальцами. Еще через минуту я смог поднять руку. Я хлопнул ладонью по столу и вырубил взбесившийся будильник.

Вскоре я приподнялся и посмотрел на окно. Яркий солнечный луч пробивался сквозь щель между портьерами и нещадно слепил глаза. Я прищурил глаза и снова посмотрел на портьеру. Она определенно была бордового цвета. Ну, конечно, я видел такую же во сне, только висела она не здесь, а в какой-то гостиной.

Под гнусный скрежет диванных пружин я принял вертикальное положение и посмотрел на кресло-кровать, где в обнимку с моим рюкзаком мирно храпел Маклай. Пустые бутылки из-под водки, привезенные мной из города, валялись на полу рядом. Похоже, вчера мы неплохо повеселились, – подумал я и посмотрел на стол, где среди останков закуски лежал опрокинутый мной будильник и показывал одиннадцать часов.

Мне очень захотелось курить. Нащупав в кармане пачку «Примы», я достал папиросу и попытался прикурить. Судя по всему, моя зажигалка умерла еще вчера. Бросив ее на стол, я осмотрел комнату в поисках, чем бы еще прикурить. Взгляд зацепился за электроплитку и я вдруг вспомнил старый добрый способ прикуривать от раскаленной конфорки.

К счастью, как и обещал Маклай, плитка сразу заработала. Уже через минуту я приложил папиросу к раскаленной спирали и, сделав несколько затяжек, прикурил. Я раздвинул портьеры и открыл форточку. Запахи трав и осенней листвы ворвались в душную комнату, вытесняя ароматы вчерашних закусок, алкоголя и сигарет.

Темные ветви деревьев за окном перечеркивали синее небо и от этого оно казалось еще синее. Я вспомнил свое вчерашнее столкновение с древесным монстром. Нащупав небольшую шишку на лбу, я порадовался тому, что она почти не болит. Неожиданно за спиной послышался хриплый голос Маклая.

– Вано! Ты живой?

– Живой, – пробурчал я и обернулся.

Маклай скинул на пол мой рюкзак и, сидя на разобранном кресле, уставился на меня, стараясь удержать равновесие.

– Какого хрена, Мак, ты поставил этот гребаный будильник у меня подносом?!

– Да я его не трогал вообще, – проскрипел Мак.

– Он чуть не вынес мне мозг!

– Зато мы проснулись, бро! – порадовался за нас Мак, – И еще потусим!

Потом посмотрел на меня с надеждой.

– Может кофе?

– Думал, ты пивка попросишь, – усмехнулся я, выпуская колечко дыма.

– Не в моих правилах,– прохрипел Маклай,– Как сказал кулинар Похлебкин, пить лучше после пятнадцати и до двадцати четырех.

– Это и есть твой ЗОЖ, Мак?

– Типа того…

Маклай слабо улыбнулся и тут же схватился за голову.

– Черт! Башка трещит… Аш тошно.

Маклай попытался встать, но бессильно откинулся на приподнятую спинку кресла.

– Будь другом, Ван… Там на подоконнике…должен быть анальгин.

На подоконнике действительно лежала безымянная таблетка. Я взял ее и, прихватив бутылку воды из холодильника, отнес Маклаю.

– Ты уверен, что это анальгин?– на всякий случай поинтересовался я.

– В этом мире ни в чем нельзя быть уверенным, – изрек Маклай, запивая таблетку водой,– Но надо верить, чувак.

– А у меня сушняк.

Забрав бутылку с водой у Маклая, я сделал несколько глотков.

– Ты, кстати, надолго?– поинтересовался он.

– Взял неделю за свой счет… Ты не ведь не против, если я у тебя тут пару-тройку дней перекантуюсь?– поинтересовался я, убирая воду в холодильник.

– Не вопрос! Опять же, будет кому стакан воды подать, – криво усмехнулся Маклай.

– А что… Начальство возражать не будет?

– Расслабься, чувак, я здесь один до десятого сентября.

Потом наша директриса из отпуска вернётся. А там посмотрим.

Маклай вдруг замер, как бы прислушиваясь к себе, потом резко вскочил с кресла и, закрывая ладонью рот, побежал к двери. Через несколько секунд из туалета послышались характерные звуки, сопровождающиеся кашлем, бурлением воды и ругательства Мака.

Вскоре мой друг вернулся. Он упал в свое кресло и вытянул ноги.

– Уф… Кажется, отпустило.

Несколько секунд он сидел с закрытыми глазами, наслаждался своим «отпустило». Потом вдруг взбодрился и посмотрел на меня.

– Ну, что, чувак!.. Надо бы зарядиться!

– Пить не буду, – сразу предупредил я.

– Какой ты, безрадостный, Ван. Я не про это. Я ж про эмоции. Я обещал тебе экскурсию?!

– О, нет!

– Уверен, что обещал!

Я пытался возразить, но Мак меня не слышал.

– А знаешь, Ван, я тут подумал, а на хрена мне работать сторожем? Вот изучу архивы и подамся в экскурсоводы.

Я скептически посмотрел на Маклая.

– Ты серьезно, Мак?

– Согласен, нужна практика. Ну вот, на тебе и обкатаем!

Маклай попробовал встать, но тут же упал в кресло.

– Блин! Мне все еще хреново.

– Я почему-то не удивлен,– усмехнулся я, – Может рассольчик принести?

– Не сочетается с анальгином. Сделай лучше нам кофе, бро.

Пока закипал чайник, я нашел на полке пачку молотого кофе. Засыпав кофе в видавшую виды турку, я залил его кипятком. Потом поставил турку на плиту и стал ждать появления пенки.

– Только без молока! – предупредил Маклай.

– А у тебя и молоко есть?– улыбнулся я.

– Только сгущенка.

– Круто! Пожалуй, не откажусь.

– Не советую пить кофе с молоком, Ван!

– Опять привет от Похлёбкина?

– Дело не в нем, бро… Ты типа не в курсе, что при взаимодействии кофе и молока происходит коагуляция.

– Не матерись, Мак!

– А сахар добавил?

– Сахар – белая смерть!

– Там нужно чуть, чувак, чтоб пенка не убежала.

Увидев, что пенка уже убегает, я быстро схватил турку и выключил плиту.

– Если ты не заткнешься, Маклай, убежит не только пенка, но и бариста.

Разлив кофе по чашкам, я посмотрел на бледного Маклая.

– Я не пью кофе с сахаром, Мак, даже ради пенки.

– Без сахара меня стошнит,– простонал Маклай.

– Окэ,– сдался я,– И где у нас сахар?

– В банке из-под соли, – пояснил Мак.

– А соль в банке из-под сахара?– усмехнулся я.

– Как ты догадался, чувак?

– Это была шутка, Мак.

Я нашел коробку от соли. Там действительно оказался сахар.

– Это все бывший сторож, – пояснил Маклай,– Он специально местами поменял, чтобы дворник сахар не тырил.

– Похоже, у вас тут дружный коллектив, – усмехнулся я, насыпая сахар в чашку Маклая.

Я поставил пластиковый поднос с кофе на стол перед Маклаем.

– Спасибо, чувак.

Маклай схватил кружку с кофе и поднес ее к губам.

– Надеюсь, перед уходом твой сторож не пересыпал соль обратно?

Маклай опустил кружку на поднос и подозрительно посмотрел на меня.

– Шучу, – улыбнулся я.

–Что за дебильные шутки, чувак!

Он осторожно пригубил кофе и, убедившись, что там сахар, присосался к кружке. Сахар, кофе, анальгин чудодейственно взбодрили моего друга. На бледном лице Мака даже проступил легкий румянец.

– Ты спас меня, Ван! И я готов, показать тебе усадьбу. Ну что, начнем с опочивальни графини!

Хлопнув рукой по колену, он встал и направился к лестнице, которая вела в спальню. Поставив недопитую кружку на поднос, последовал за ним.

– А что… Граф и графиня спали раздельно? – поинтересовался я, догоняя Маклая.

Не говоря ни слова, мой друг поднялся по лестнице. Преодолев последнюю ступеньку, он развернулся на сто восемьдесят градусов, перекрыв мне проход.

– Видишь ли, Ван, в прошлом веке среди аристократов спать раздельно – это было норм. Да, и что тут плохого, когда у каждого есть свое личное пространство?

– А как же секс?– усомнился я.

Мак хитро улыбнулся.

– Брось, мэн! Ты ж понимаешь, что для хорошего секса совсем не обязательно засыпать в одной постели. Раздельный сон даже полезен для сохранения остроты ощущений. И потом, никто не храпит…И не перетягивает на себя одеяло.

Высоко задрав голову и слушая рассуждения Маклая по поводу раздельного сна, я вдруг подумал, что если он не заткнется прямо сейчас, то я сверну себе шею.

– Послушай, Мак, – прервал его я,– Может, посмотрим опочивальню?

– Рад, что заинтриговал тебя, чувак! – радостно улыбнулся Маклай, – Прошу!

Он отошел в сторону, пропуская меня в узкий коридор второго этажа и указывая рукой на дверь справа.

Мы оказались в просторной квадратной комнате с высокими потолками и шелковой обивкой на стенах. Было заметно, что шелк со временем заметно поистрепался, но некоторых местах неплохо сохранился изящный растительный узор. Мебели практически не было, если не считать небольшой консольный столик и овальное зеркало. Рядом с балконной дверью валялся помятый спальный мешок. Маклай подошел к балкону и пнул его ногой, убрав с прохода.

– Мешок мой, — пояснил он, – А вот столик принадлежал графине. Кстати он из красного дерева, сделан на заказ каким-то Росси. Стоит, прикинь, как Gibson* Джона Леннона! Не понял, чо его на реставрацию не забрали?

– Про Gibson – это ты образно, Мак! Хороший столик!

– А то!

Он открыл балконную дверь и выглянул наружу. С улицы потянуло утренней прохладой.

– Смотри, красота-то какая!– восхитился он.

Я сделал шаг в сторону балкона.

– Выходить не советую, – предупредил Маклай,– Рухнуть может.

Я посмотрел на парк через приоткрытую балконную дверь и вдруг понял, что именно этот балкон я видел вчера с улицы.

– Я что-то видел в этом окне, когда вчера подходил к дому.

– Графиню?– оживился Маклай.

– Если б я видел графиню, я бы здесь не стоял.

– Но, по-любому, чувак, здесь можно замутить крутой квест с призраками и нехило заработать.

– Хочешь в это вложиться, чел? Придется, нанять актеров и

арендовать костюмы для призраков и подкупить дирекцию музея. Опять же реклама... Ну,... Можешь заложить свой ударник, а лучше продать этот крутой столик от как его там...

– Росси?– подсказал Мак.

– Вот именно!

Я подошел к столику и провел рукой по столу, чуть не смахнув небольшую овальную рамку. Перевернув её, я увидел портрет красивой девушки. Высокий лоб, черные локоны на висках... Меня поразили ее глаза необычного изумрудного цвета.

– Кто это?– спросил я Маклая.

Мак взял портрет, покрутил его в руках.

– Наверное, графиня, – неуверенно ответил он, – Я ж говорю, портрет её видел только мельком. Кажись, она.

Я вдруг вспомнил фрагмент из моего сна. Тонкий силуэт графини на фоне окна с бордовыми шторами. Но я совершенно не помнил её лица. Голос Маклая прервал мои мысли.

– Хей, Ван!

Он постучал по моему плечу.

– Здесь уже все. Теперь кабинет графа!

Маклай положил портрет графини на столик и направился к выходу. Как только он скрылся в коридоре, я сунул в карман портрет. Сделав шаг в сторону, я вдруг почувствовал, что наступил на что-то плотное. На полу под куском упаковочной бумаги лежала пожелтевшая тетрадь.

– Ну, ты идешь, чувак?! – послышался из коридора голос Маклая.

Я поднял тетрадь и, отправив её во внутренний карман своей куртки, последовал за Маклаем.

Я вышел в полутемный коридор. В пяти шагах от меня из открытой двери слева торчал упитанный торс Маклая.

– Давай сюда, Вано!

Я вошел в пустую комнату, которую Мак назвал кабинетом. По более яркому цвету обоев на правой стене можно было предположить, что по всей длине стены когда-то стояли книжные шкафы. Единственное окно кабинета выходило на пруд, заросший камышом и кустарником.

– Тот самый пруд?– поинтересовался я, глядя в окно.

– Угу, – ответил Маклай.– Прикинь, там раньше карпов разводили,– Но после того, как графиня того… Сам понимаешь, не до карпов было.

– А где был граф, когда все это случилось?

– Говорят, что его здесь не было. Типа, место для завода присматривал… Когда вернулся, нашел на столе тетрадь Аннет и записку «прости- прощай».

Маклай подошел к правой стене.

– Вот где-то здесь стоял его стол. Он тоже на реставрацию уехал вместе книжными полками. Ладно, пойдем! Здесь ловить нечего. А вот внизу есть одно местечко. Там кое-что осталось.

Покинув кабинет, мы прошли до конца коридора и попали в огромный зал. В нем я узнал ту самую гостиную, которую видел во сне. Несомненно, это была она, только теперь здесь не было ни бордовых портьер, ни мебели – ничего из того, что было в моем сне.

– Послушай, Мак, шторы на окнах в твоей каморке… Они случайно не отсюда? – поинтересовался я.

– Да хрен их знает. С чего ты взял?

– Блин, не знаю… Какое-то дежавю.

– Тебя, похоже в школе сюда возили?

– Не думаю. Я в школе игнорил общественные мероприятия.

– Значит, по телеку видел! Про эту усадьбу по «Культуре» показывали.

– С каких это пор, Мак, ты смотришь «Культуру»?

– С тех пор, как здесь работаю, чувак. На моем «Витязе» только одна программа берется. Угадай, какая?

Мы пересекли гостиную и спустились по парадной лестнице в прихожую. Под лестницей была небольшая дверь.

– Давай свою фитюльку, чувак! – сказал Маклай, открывая дверь чулана.

– Не понял?

– Фонарик давай!

Я достал свой брелок-фонарик и передал его Маклаю.

Открыв чулан, мой друг осветил угол, где хранился старый садовый инвентарь и коробка с чугунной посудой. Рядом на полке лежала маленькая фарфоровая фигурка собаки. Макс взял фигурку и показал ее мне.

– А вот и Сфинкс! – загадочно произнес он, держа на ладони маленького черного дога с отколотой лапой.

– Не могу поверить, что пес способен на суицид, – сказал я, рассматривая фигурку, –Для зверя это противоестественно.

– Почему нет?.. Ты Дарвина читал, чувак?

– А ты читал!– удивился я.

– Читал заметку в одном из журналов, когда камин ими топил. Любой разум, чувак, подвергается эволюции. Так что, давно уже нет принципиальной разницы между зверем и чуваком.

Я взял у Маклая фигурку дога и повертел ее в руках.

– Суицид требует воображения, – сказал я, – А у дога его нет.

Я поставил фигурку на полку и вышел из чулана.

– Круто мыслишь, чувак! – подтвердил Маклай, закрывая дверь чулана, – Версия, что дога утопили тоже имеет право на жизнь.

Маклай вернул мне мой фонарик.

– После смерти графини нашли какие-то улики, не в пользу графа. На заводе его не видели. Да и мотивы у него были: жену ревновал к губернатору, а дога прикончил – чтоб он не мешал с женой разделаться. Почему нет?!

– И что же стало с графом?– поинтересовался я.

– Если верить байкам сторожа, то из этой прихожей, граф отчалил по этапу в Сибирь, где доживал свой век среди ссыльных, поселенцев и бурых медведей.

Маклай подошел к выходу и толкнул дверь.

За дверью открылся вид на колонны портика, закрытые строительными лесами. Однако, здесь все-таки был небольшой проход, ведущий к фонтану. По нему мы спустились в парк. Обогнув фонтан с херувимами, мы подошли к дереву с разбитым молнией стволом.

– И вот финал! – подытожил Маклай, глядя на ствол дерева, – Когда усадьба опустела, молния ударила в самое сердце этого истукана.

Маклай нацелил два пальца правой руки на дерево, изображая пистолет.

– Пух!.. И ствол пополам. Конец истории, – грустно улыбнулся Маклай.

– Удивил, Мак! Респект и уважуха экскурсоводам.

Обойдя старый тополь, мы спустились к аллее и дошли до ворот усадьбы. При солнечном свете чугунные ворота уже не выглядели так зловеще, как вчера во время грозы. Сделав почетный круг, мы вернулись к центральному зданию. В полуденном свете стали еще заметнее следы времени на фасаде здания.

Маклай оглянулся и еще раз взглянул на тополь.

– Думаю, что после реставрации, его распилят на дрова.

– Я бы оставил,– возразил я,– Хотя бы, как часть истории.

Пообещав вечером разжечь камин, Маклай направился в сарай за дровами. Я предложил помочь, но мой друг предпочел все сделать сам и предоставил мне полную свободу.

Обогнув здание, я направился к старому пруду. Миновав флигель, где теперь размещалась дирекция музея, и почти развалившуюся графскую конюшню, я вышел к зарослям камыша. Приблизиться к воде здесь было не реально. Однако, с другой стороны пруда я заметил одно местечко, где, кажется, был проход. Это был миниатюрный кусочек пляжа, покрытый серым песком, за которым раскинулась гигантская ива.

Я обогнул пруд. Перешагнув через ствол ивы, прижавшийся к земле, я подошел к воде. Всматриваясь в покрытую тиной черную гладь пруда, я задавался одним и тем же вопросом, – Что же должно произойти в моей жизни, чтобы я вдруг полез в это болото?

Совсем недавно я расстался с женой и до сих пор мне было хреново, но не настолько, чтобы топиться. Возможно, если бы я разбил свой новенький Fender или меня совсем лишили возможности играть и сочинять музыку… Но это практически невозможно, также, как и то, чтобы я вдруг бы полез в этот пруд. Так и не найдя достойных аргументов, я развернулся и направился к березовой роще за прудом метрах в ста.

Приблизившись к ней, мне вдруг показалось, как что-то промелькнуло между стволами берез. Возможно, движение воздуха произвело оптический эффект или, как сказал бы Маклай, произвело голограмму. Я замер, не отводя взгляда от ствола березы, и вдруг увидел женскую фигуру в белом, которая отделилась от ствола и тут же слилась с другим деревом. С мыслью, что голограмма не призрак, а оптический эффект, я направился к дереву в надежде разрешить свои сомнения. Однако, никаких признаков девушки я там не обнаружил.

Я медленно брел среди берез, присматриваясь к каждому дереву, но нечто в белом просто исчезло, будто растворилось в воздухе. Я подумал, что этому все же должно быть какое-то рациональное объяснение, и направился к забору, отделяющему усадьбу от леса.

Пройдя метров двадцать я, наконец, нашел в заборе брешь, через которую незнакомка в белом вполне могла ускользнуть от меня. Через дыру в заборе я благополучно выбрался за территорию усадьбы.

Узкая тропинка привела меня к остановке автобуса, на котором вчера я добирался сюда от станции. Обойдя металлический павильон остановки, я, наконец, нашел то, что искал.

Спиной ко мне стояла стройная темноволосая девушка в белом пальто.

Я подошел к ней ближе.

– Простите, – тихо произнес я, чтобы не испугать незнакомку.

Она все же вздрогнула и обернулась. Увидев ее глаза, я почувствовал облегчение. Они не были зелеными, как на портрете, найденном в спальне графини.

– Вы напугали меня, – сказала кареглазая незнакомка.

– Простите... Так Вы не призрак? – попытался я пошутить.

– Кто? – не поняла она.

– Мой друг уверяет, что здесь полно призраков. И я решил, что Вы – одна из них!

– Вы так флиртуете? – поинтересовалась девушка, нахмурив брови.

– Конечно, нет. Просто хочу убедиться в Вашей реальности.

– Убедились?

– Нет. Но если Вы примете приглашение и завтра придете к нам на ужин...

– С чего вы решили, что я соглашусь? – усмехнулась она.

– Хм,– задумался я,– Ну, во-первых, мой друг работает в музее. Во-вторых, он отлично готовит. И, во-третьих,.. Вы будете первой, кто протестирует мистический квест по графской усадьбе.

– Заманчиво. А Вы уверены, что музей работает?– Улыбнулась она.

– Нет. Но, как я уже упомянул, там работает мой друг Маклай. Кстати, меня зовут Иван.

Она посмотрела мне в глаза и улыбнулась.

– Аннета.

Я немного опешил.

– Что-то не так?– спросила она.

– Нет, но… Небольшое, но фатальное совпадение. Хозяйку этой усадьбы тоже звали Аннета.

– Забавно,– улыбнулась она,– Ну, мне пора.

Девушка развернулась, намереваясь перейти дорогу.

– Постойте! Может быть Вас проводить?

Она обернулась.

– Не стоит. Моя бабуля не любит незнакомцев. Она встречает меня и мне бы не хотелось…

– Я понял. Вы гостите у бабушки?

– Угадали, улыбнулась она.

Аннета развернулась, чтобы перейти через дорогу.

– Так во сколько Вас ждать?– крикнул я ей вслед.

– Часа в четыре, – не оборачиваясь, ответила Аннет.

– Ладно. Я буду ждать, - пообещал я себе.

Она вдруг остановилась и обернулась. Едва заметно незнакомка кивнула, потом опустила глаза на мои кроссовки.

– Кажется, Вы что-то уронили, Иван! – сказала она.

Я посмотрел вниз. У моих ног действительно лежал овальный портрет графини. Каким-то странным образом он выпал из моего кармана. Я поднял портрет. Держа его в руках, я опять посмотрел туда, где только что стояла незнакомка, но ее там уже не было. Наверное, она уже скрылась за лесом на другой стороне дороги.

– А была ли Аннета? – усмехнулся я.

Сев на облупившуюся лавочку в павильоне остановки, я попытался собраться с мыслями. Я смотрел на портрет, зажатый в руке, пытаясь найти хоть какое-то сходство с моей новой знакомой. Но, увы, сходства практически не было. Засунув портрет во внутренний карман куртки, я почувствовал ладонью шероховатую поверхность тетради, которую взял из спальни графини Любанской.

Я осторожно достал тетрадь и посмотрел на потертую

обложку. Она была чистой. Но оборотной стороне была небольшая запись:

Ненавижу принимать решения. Надеюсь, прочитав мои мысли, ты сделаешь это за меня.

Я вдруг почувствовал, как проваливаюсь в какую-то бездну.

*Gibson – марка гитары.

обложку. Она была чистой. Но оборотной стороне была небольшая запись:

Ненавижу принимать решения. Надеюсь, прочитав мои мысли, ты сделаешь это за меня.

Я вдруг почувствовал, как проваливаюсь в какую-то бездну.

Поправив упрямый локон, Аннет приложила к шее гранатовое колье и приблизилась к зеркалу. Украшение явно не подходило к ее новому платью. Отпрянув назад, она посмотрела на бархатный футляр, лежащий на консольном столике. Но почувствовав на себе взгляд. Аннет повернула голову и увидела грузную фигуру графа в дверном проеме.

– Любовь моя, экипаж уже подан, – улыбнулся он.

– Не торопи меня, мон шер…

Она натянуто улыбнулась.

– Еще пять минут и я готова, – пообещала Аннет.

Положив колье в фуляр, она достала из шкатулки жемчужное ожерелье.

– Если ты не будешь отвлекать меня, Александр, – сказала она,– Это будет еще быстрее.

Любанский задумался, потом опять взглянул на Аннет и улыбнулся.

– Прости, дорогая, но сегодня мне нужно приехать пораньше. До ужина граф Тулин обещал представить меня новому губернатору.

Аннет удивленно взглянула на мужа.

– Там будет губернатор?

– А что тебя так удивляет, дорогая?

– Но он уехал… Графиня Тулина говорила…

– Нет, дорогая. Я точно знаю, что он будет на балу. Тулин с ним дружен и обещал мне протекцию по нашему дельцу,– пояснил граф.

– По нашему дельцу? – настороженно спросила Аннет.

– Разве я не говорил?..

Аннет молча покачала головой.

– Нужна его протекция в оформлении бумаг на лес и строительство завода. Прости, любовь моя, но нам придется поторопиться.

Аннет застыла перед зеркалом с ожерельем в руках.

– Ты в порядке, дорогая?

– Да,– растерянно ответила она.

– Что ж… Минут десять еще есть. Пожалуй, я подожду тебя внизу.

– Bien sûr ma chère*,– сказала Аннет.

Похлопав по ладони парой белых перчаток, Любанский сделал шаг назад и скрылся в полумраке коридора.

Аннет застегнула ожерелье и окликнула горничную Дашу. Буквально через секунду круглое личико горничной высунулось из дверного проема.

– Ты подслушивала?!– возмутилась Аннет.

– Простите, барыня!– затараторила та, – Я просто ждала, когда Вы меня окликните.

– Ступай, принеси мне накидку… И шляпку.

Даша кивнула и тут же исчезла.

Нервно расправив пару складок на юбке, Аннет механически взяла со столика флакон и брызнула из него на декольте.

В дверях появилась Даша с накидкой и шляпкой в руках.

– Ну, что ты там застряла?!– раздраженно сказала Аннет.

Даша подбежала к графине.

Привычным движением Аннет надела шляпку и накидку.

– Скажи графу, что я иду, тихо сказала она.

Как только Даша исчезла, Аннет посмотрела на столик, будто что-то ища.

– Черт!.. Где же она?

Графиня обернулась. Ее взгляд нервно заскользил по комнате.

Большой черный дог, до сих пор неподвижно наблюдавший за хозяйкой из угла спальни, слегка приподнялся, звякнув золотыми звеньями ошейника.

– Черт! – отчаянно прошептала Аннет и посмотрела на собаку.

– Сфинкс, голубчик, – взмолилась она, – Найди мне эту чертову сумочку!

Дог царственно встал и направился к кровати. Он осторожно сунул морду между спинкой кровати и подушкой и, аккуратно прихватив зубами бархатный клатч, достал его и отнес его графине.

Аннет нервно открыла сумочку и, вытащив из нее небольшую тетрадь в твердой обложке, облегченно вздохнула. Осмотрев комнату, она остановила взгляд на кровати, потом приподняла матрац и засунула под него свою тетрадь.

Из коридора послышались шаги. Аннет быстро села на кровать, прикрывая место со спрятанной тетрадью. В спальню вошла Даша. Поймав встревоженный взгляд барыни, она улыбнулась и присела в реверансе.

– Извиняюсь, барыня, Александр Андреевич просили поторопиться, – произнесла она.

– Можешь идти, Даша! Я уже спускаюсь, – тихо ответила Аннет.

Даша повторила свой реверанс и исчезла. Аннет обернулась на Сфинкса. Он сидел у окна и смотрел на графиню с готовностью выполнить любой ее приказ.

Она подошла к Сфинксу и поцеловала его в породистый лоб,

– Ты спас меня, Сфинкс.

Зажав в руке сумочку, Аннет направилась к выходу. Комната опустела. Сфинкс встал и неспешно вышел в коридор. Он остановился у входа в гостиную и на расстоянии наблюдал за хозяйкой. Аннет остановилась у края парадной лестницы, ведущей вниз. Приподняв полы платья, она нащупала носком ступеньку и осторожно сделала шаг.

– Душа моя, ну наконец-то!– послышался снизу голос Любанского.

Аннет сделала еще шаг, но, запутавшись в кринолинах, вскрикнула и начала терять равновесие. Однако, упасть она не успела. Сфинкс в два прыжка достиг лестницы и схватил ее за верхнюю часть юбки, пытаясь удержать.

Граф с несвойственной для него прытью взлетел по лестнице вверх и подхватил графиню.

– Фу, Сфинкс!– скомандовал он.

Сфинкс молча отступил назад.

– Прости, дорогая, – заметил граф, глядя на платье графини,– Но тебе придется переодеться. Твой Сфинкс…

Граф не успел договорить. Аннет повернула голову в сторону Сфинкса и, увидев лоскут от нового платья, застрявший в его зубах, потеряла сознание.

Я очнулся на лавочке. В нескольких шагах от рейсового автобуса, который настойчиво сигналил. В руках я держал ту самую тетрадь, которую в моем сне спрятала под матрац графиня.

Прекратив сигналить, водитель высунулся из двери кабины и махнул мне рукой.

– Эй, парень! Садиться будем?!

– Я… просто жду! – пояснил я.

– Следующий будет только через час!– сообщил водитель.

Он махнул рукой и вернулся в кабину. Дверь закрылась и автобус уехал.

Я продолжал сидеть на остановке, зажав в руке пожелтевшую тетрадь и безуспешно пытаясь вспомнить лицо графини.

На моих часах было половина первого. Я помнил, что с Маклаем мы расстались где-то часов в двенадцать. И мне показалось немного странным, что прошло не более получаса. И я подумал, что мог бы задержаться здесь еще на часок.

Я открыл тетрадь на первой странице. Там стояла дата: 3 сентября 1871 года. Ниже был текст, написанный, видимо, рукой графини:

Вчера, наконец, привезли платье для бала у Тулиной. Нужно что-то выбрать к нему, но только не бриллианты. Наверняка, Тулина наденет свои. Не думаю, что соперничать с ней хорошая идея. Значит, жемчуг или гранат. И почему мне всегда так трудно принимать решения?

4 сентября

Слава богу, Ардалиона не будет на балу. С тех пор, как он стал губернатором, мы почти не видимся. Но, кажется, так лучше для нас обоих...

Пора собираться. Где же Даша с моим платьем... Кажется идет!

Немного ниже было еще два текста:

О, боже!.. Я осталась дома. Само провидение остановило меня. Никогда не знаешь, что может случиться через минуту или час. Жизнь непредсказуема. Сфинкс порвал мое роскошное платье, выписанное из Парижа. Но бог с ним. Сфинкс спас мне жизнь и, возможно, репутацию. Если бы не он, я не нашла бы повода не ехать к Тулиным и не столкнуться там с Ардалионом. Нога еще болит, но это символическая плата за спасение души.

Даша принесла мне чая. Надеюсь, граф уже решил свои

дела с губернатором и теперь уже пьет с ним шампанское. Если бы он знал о моей измене, он презирал бы меня... Впрочем, зачем ему знать, если все кончено... Лучше уснуть ...

Запись прервалась. По корешку было заметно, что несколько следующих листов было вырвано из тетради.

Я был в полном недоумении, насколько описанные в дневнике события были похожи на продолжение моего сна. Уставившись на строчки, написанные Аннет, я не заметил, как подошел автобус.

Дверь открылась и из нее снова высунулся уже знакомый водитель. Он с сочувствием посмотрел на меня.

– Что, парень? Твоя так и не приехала?

– Да... То есть, нет. Похоже, я сам что-то перепутал.

– Понятно, – кивнул водитель.

Махнув рукой, он уехал.

Посмотрев вслед уходящему автобусу, я вдруг почувствовал, что голоден и подумал, что Мак, наверное, уже приготовил свое фирменное рагу.

*Bien sûr ma chère (фр.) – Конечно, дорогой

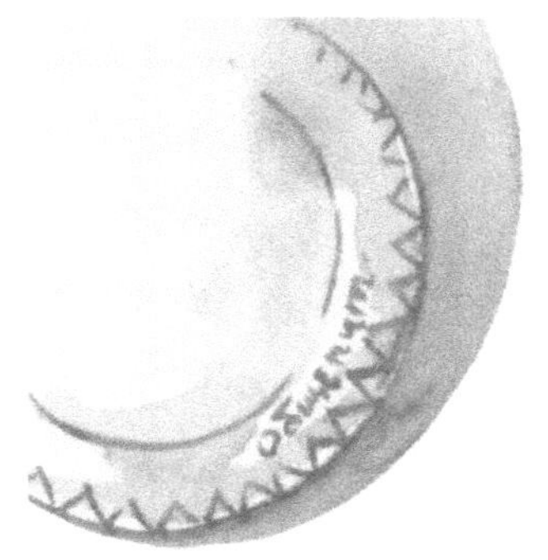

Лаская тарелку с экзотической надписью «Общепит» ломтиком черного хлеба, Маклай рассуждал о бренности жизни.

– Родаки достали! Найди нормальную работу, женись, живи, как все… Не понимаю, что им далась моя работа?.. Куча свободного времени, есть, где жить, и на жрачку хватает. Да еще по-ночам можно стучать.

Мак указал в левый угол комнаты, где из-под старой портьеры выглядывала часть ударной установки.

– Видел?.. Здесь обдолбись, никто не услышит. Коллеги все в город по домам, а соседи… Кроме меня на полкилометра ни души. Лафа, чувак!

– Родакам без тебя тоже, наверное, тоже лафа, – усмехнулся я, поглядывая на ударную установку.

– Хрен поймешь, что им нужно?

– Похоже, внуков хотят,– предположил я.

– Ну, это не моя тема. Рожать детей, которые тебя об этом не просили, чтобы потом грузить их своими советами.

– Ну, а как же насчет воды?

– Какой воды?

– Ну, в смысле, подать.

– А!... Это не факт, что подадут, – ухмыльнулся Мак. Да и делать детей ради стакана воды... На смысл жизни не тянет.

– По мне, так смысл не в тебе, не во мне и даже не в твоих предках, – пожурил я Маклая,– Это ж про человечество, сынок.

Маклай засунул в рот хлеб с остатками подливки и, отодвинув тарелку в сторону, откинулся на спинку кресла.

– На хрен человечество, – подытожил он.

– На хрен всех нас, Мак?

Он на мгновение задумался.

– Всех на хрен, чувак. Все равно все там будем.

Он ткнул пальцем в потолок и мило улыбнулся, указав на трехрожковую люстру.

– Боюсь, нас туда не возьмут, – заметил я.

– Как знать... Если честно, меня колбасит от мысли, что семья – это шанс не свихнуться от одиночества.

– У тебя есть масса других возможностей не съехать: барабаны, женщины, я, наконец, чел.

Маклай хитро прищурился.

– А ты сечешь, чувак! Все вышеупомянутое имеет смысл.

Он приподнялся с кресла, потянулся ко мне, желая пожать мне руку, но потерял равновесие. Я вскочил, чтобы поддержать Мака. Но он успел опереться о стол как раз в том месте, где стояла кастрюля с остатками его фирменного рагу.

– Фак!.. Ловкий я, чувак.

Он заглянул в кастрюлю, потом посмотрел на меня и широко улыбнулся.

– Может добавки?

– Лучше я сам!

Маклай кивнул в знак согласия и вернулся в кресло.

Когда остатки фирменного рагу перекочевали в мою тарелку, Маклай с гордостью произнес.

– А круто я готовлю, Ван?!

– Да, уж! И если б не палки с барабанами, ты выбрал бы половник.

Маклай засмеялся.

– Ну, нет!.. Готовит надо под настроение, для друзей… Признайся, ты ведь на рагу приехал?

Я улыбнулся, не зная, что ответить Маку. Если честно, то истинной причиной моего визита в это странное, забытое богом, место было болезненное нежелание возвращаться домой, где меня никто не ждал и где в шкафах скучали только мои вещи. Вряд ли стоит говорить об этом Маклаю, а потом выслушивать соболезнования. Проще прикинуться гурманом и порадовать этим друга.

– Твое фирменное рагу, Мак, это зачетный повод для визита, – улыбнулся я.

– Я так и подумал! Колись, чувак, твоя бывшая хреново готовила?

Я понял, что все попытки уйти от обсуждения бывшей бесполезны. Мак был на редкость любознателен и никогда не отличался особой деликатностью. Оставалось только изобразить равнодушее.

– Ты про вдову?– безразлично спросил я.

– Вдову?.. Ну, блин! Это ты жестко, Вано.

– Да, нет. Это ведь я ушел из ее жизни. Значит, я умер. Логично, что она – вдова.

Он с интересом посмотрел на меня и вдруг его как будто пробило.

– Ты точно в порядке, бро? – насторожился мой друг.

– Лучше всех.

Я криво улыбнулся.

– Лады, я понял, – сочувственно кивнул Маклай и на его лице проявился треугольник печали.

Он вздохнул и перевел взгляд на часы, висящие над камином.

– Упс!.. Пятнадцать тридцать, мен. Ты понял?!

Он хлопнул в ладоши и потер ими друг о друга.

– Пора расслабиться!

Он резво выскочил из-за стола и направился к заветному шкафчику. Достав оттуда штоф, наполненный явно не водкой, он прихватил чистые стопки и вернулся к столу.

– So what bro? – произнес Маклай.

Поставив перед собой стопарики, Маклай наполнил их содержимым штофа.

– У тебя, Ван, есть офигеть какая возможность продегустировать местный самогон!

Он поднял свой стопарик и произнес:

– Давай за вдову!

– Иди на хрен, Мак! – взбесился я.

– Ну, не хочешь за вдову, давай за твое второе рождение, чувак!

Не дожидаясь меня, Маклай лихо опрокинул стопарик.

– Крепкий, сука! – воскликнул он, занюхав рукавом своей футболки.

Поставил стопку на стол, он понимающе посмотрел на меня.

– Знаю, тебе хреново, Ван. Но и это все пройдет. Главное, не тормози, чувак!

Я понял, что Маклай решил доканать меня своим сочувствием. Я выдохнул и опрокинул свой стопарик.

– Ничо так!..Пробирает, – хмуро поморщился я.

– Попробуй с огурчиком, – посоветовал Маклай.

Я отрицательно потряс головой и посмотрел в угол, где стоял мой новенький Fender. Кажется настал момент для вау-эффекта,– подумал я и потянулся за гитарой. Достав ее из чехла, я пробежался пальцами по струнам.

– Чувак?!.. Это то, о чем я думаю?!– возбудился Маклай.

– Ага…

– А ну, дай обертон!

Зажав струны, я извлек несколько звуков.

– Зачетная акустика, бро!– прокивал Маклай.

Не обращая внимания на Маклая, я начал наигрывать мелодию, которую придумал вчера утром, после бурной вечеринки с коллегами.

– Я не умру сегодня, бэби... Хоть сердце, как лед... Я не умру сегодня, бэби, хоть я уже не тот, что был, бэби... Наш Титаник уплыл...

Какое-то время Мак неподвижно сидел, слушая мой блюз. Потом вдруг вскочил и с криком «Стопе, чувак!» резво рванул в противоположный угол комнаты, где стояла ударная установка. Сбросив с нее, он схватил палочки, лежащие на винтовом стуле, и уселся на освободившееся место.

– Погнали?! – скомандовал Маклай.

Три раза стукнув палками друг о друга, Мак начал отбивать ритм блюза.

На одном дыхании мы доиграли бэби-блюз и, надо признаться, у нас неплохо получилось.

– Ништяк! – вырвалось у Мака.

Оставив палочки на винтовом стуле, он вернулся в свое кресло.

– Классная вещь, Ван! Блин, у меня созрел тост!

Маклай наполнил стопки.

– Как сказал старикан Армстронг, блюз – это когда хорошему челу плохо. Но мы-то с тобой плохие парни и нам хорошо, мен. Давай за нас!

Он плеснул самогонки в наши стопарики и одним махом один из них.

– Колись, чел, это ты про нее?

Вау-эффект был окончательно испорчен моим другом-дебилом.

– Ты ведь первый забил на бывшую?

Мака заклинило и это начинало всерьез подбешивать меня.

– Похоже, мен, она в твоем вкусе?– усмехнулся я, – Так давай, я не против, чувак.

Я залпом опустошил свою стопку и посмотрел на друга. Опешив от моих слов, Мак уставился на меня и, похоже, теперь ему нечего было сказать.

– Нет, правда, Мак… Если хочешь с ней замутить, то я только за.

Несколько секунд Маклай таращился на меня, потом его прорвало.

– С какого перепуга?.. Бывшая друга – табу, бро! Я ведь просто хотел поддержать…

Мне даже стало забавно наблюдать, как Мак пытается выкручиваться, отвечая на неудобные вопросы.

– Тебе ведь хреново, Ван?.. Это ведь ты выставил её, чувак…

– С чего ты взял?– передил я Мака.

Мак замер в ожидании подробностей.

– Она сама сдрыснула к какому-то хрену. Постой, чувак… Случайно не к тебе?

Моя шутка произвела на Мака второй вау-эффект.

– Ты чо, охренел, бро? Да, я!… Это не я, бро!– завопил Маклай.

Наконец-то, я почувствовал удовлетворение. И мои страдания отступили сами собой, уступив место рефлексии Маклая. Мне даже стало его жаль, но видит бог, он сам нарвался.

– Все, Мак!– отступил я, – Давай о хорошем!

– Ты, правда, мне веришь, Вано?

– Мне по фиг, бро. Меняем тему!

Я взял штоф и наполнил стопки.

Звук пейджера из рюкзака заставил меня отвлечься. Неожиданно пришло сообщение из записывающей студии, где работал мой одноклассник.

– Есть дело, Мак! – радостно сообщил я,глядя на экран пейджера,– На следующей неделе можем писать альбом.

– Ты чо, нашел бабки?..

– В среду студия свободна… Там чуваки отказались и… В общем, пока платить не надо. Телефон здесь есть?

– В дирекции.

– Надо собрать чуваков.

– Не вопрос, чувак!

Маклай больше не вспоминал про вдову. Он открыл флигель, где размешалась дирекция. Мы довольно быстро дозвонились парням и, возвратившись в каморку долго обсуждали детали предстоящей записи. Штоф с самогоном почти опустел и ровно в полночь Мак откинулся на подлокотник дивана и отключился.

Укрыв его пледом, я устроился на кресле-кровати и начал медленно погружаться в сон. Я представлял незнакомку в белом пальто, стоящую на остановке. Я помнил все детали: как она улыбнулась и как посмотрела на меня. Я вдруг почувствовал, как теряю равновесие и падаю. Вздрогнув, я открыл глаза.

Маклай все также мирно похрапывал на диване. Мне страшно хотелось пить. Я взял со стола пакет с остатками сока и мгновенно опустошил его. Я принял горизонтальное положение, но уснуть уже не мог. Храп Маклая вдруг резко прекратился. Я открыл глаза и посмотрел на друга. Мне показалось, что он не дышит. Я встал и подошел к дивану и, склонившись над Маклаем, потряс его за плечо.

– Мак?.. Ты спишь?!

Он вдруг развернулся и посмотрел на меня одним глазом.

– Уже нет, Ван,– проворчал он, открывая пальцами слипшийся глаз.

– Мне показалось, что ты не дышишь?

– Ты чо, доктор?..

– Ты храпеть перестал, братан. Я решил, что это странно!

– Ты охренел Ван?.. Во сне я трахал сразу двух девчонок, а ты прервал мой секс. Так что, пошел ты на хрен.

Мак повернулся ко мне спиной.

– Слушай... Ты ведь не против, если завтра к нам придут гости?

Мой вопрос заставил Мака повернуться в мою сторону.

– Смотря кто, – оживился он.

Маклай слегка приподнялся и уставился на меня.

– Вчера на остановке я познакомился с девушкой.

– Только с одной, Ван? – разочарованно пробурчал Маклай.

Он сунул под голову кусок пледа и устроился поудобнее.

– Только с одной, бро..

– Валяй, приглашай, – пробурчал Мак, – И скажи, пусть приведет подружку.

Закончив мысль, он зевнул и, натянув плед на плечо, мирно засопел.

– Казанова хренов,– усмехнулся я и направился к креслу.

На полпути к дивану раздался сильный хлопок. Я вздрогнул и посмотрел на окно. Форточка распахнулась от сильного порыва ветра и ударилась о стену. Стекло задребезжало и треснуло. Я ругнулся и, подойдя к окну, захлопнул форточку.

На полке в шкафу я нашел аптечку с рулоном пластыря и, отрезав от него кусок, залепил им трещину на стекле.

– Надеюсь, у твоей подружки крепкие нервы? – услышал я голос Мака.

Я обернулся. Мак лежал в той же позе и мирно храпел. Похоже, он говорил со мной во сне.

Растянувшись на узком кресле, я мгновенно погрузился сон.

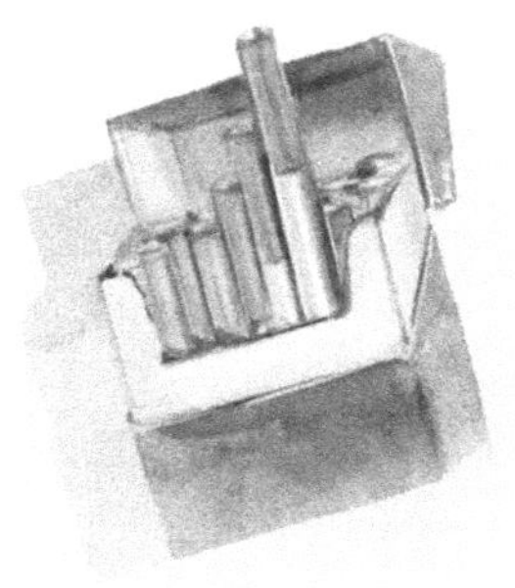

V. Я призрак

Я проснулся и с удивлением почувствовал, что кресло, в котором я сплю, стало каким-то жестким и широким. Я открыл глаза и обнаружил, что лежу на полу. Подо мной был тот самый спальник, который валялся в комнате графини. Я приподнялся, оперевшись на локоть и осмотрелся вокруг. Я лежал у балконной двери в спальне графини. За окном уже светало.

У противоположной стены стоял тот самый консольный столик из красного дерева работы Росси. Однако, чего-то здесь не хватало. Я понял, что на стене рядом с консольным столиком отсутствовало зеркало. От него остался лишь пыльный след на стене.

Какого черта я здесь?– подумал я,– Может быть Мак решил пошутить и перетащил меня сюда ради прикола? Я встал и, ругаясь, направился к лестнице, ведущей в комнату Маклая.

Спускаясь по ступенькам, я ожидал какого-нибудь подвоха от моего друга, но ничего так и не произошло.

Оказавшись в комнате, я посмотрел на диван, на котором должен был спать мой друг. Но диван был пуст. Часы над камином показывали пять часов. Я пересек пустую комнату и вышел в темный коридор, ведущий к выходу. Входная дверь была слегка приоткрыта. Толкнув её плечом, я вышел на улицу.

Осенний парк был окутан туманом, который сужал пространство до размеров графской гостиной. Пройдя метров десять вперед я, наконец, увидел Маклая. Он стоял ко мне спиной у края газона и курил.

– Мак? – позвал я.

Маклай не обернулся. Я сделал несколько шагов вперед и подошел ближе.

Мак затушил сигарету о большой декоративный камень, лежащий у его ног. Потом развернулся и, скользнув по мне взглядом, направился к мусорному ящику. Потом вдруг резко остановился и опять посмотрел на меня. Его лицо выражало страх.

– Мак? Ты в порядке?– поинтересовался я.

Маклай попятился назад и, споткнувшись о садовый инвентарь, оставленный кем-то на газоне, остановился. Не отводя от меня взгляда, он схватился за грабли и медленно двинулся на меня. Я замер. Пытаясь остановить друга, я вытянул руку вперед.

– Мак?!... Послушай, это я...Черт!

Вооруженный граблями, Маклай шел прямо на меня.

– Нам не стоило так бухать... Послушай, Мак, остановись. Брось эту хреновину на землю... Стой!!!

Мак замахнулся на меня граблями... Удар!

Я очнулся на дороге, рядом с остановкой автобуса. Прямо на меня неслась машина. И опять удар!

– Черт! – крикнул я и проснулся.

Судорожно глотая воздух, я резко поднялся и сделал глубокий вдох, пытаясь прийти в себя.

Я повернул голову к свету и увидел Маклая. Он стоял у окна с дымящейся сигаретой в руках и с ужасом смотрел на меня. Сигарета в его руке слегка дрожала.

– Мак?.. Ты в порядке? – тихо спросил я.

– А ты?

Мы смотрели друг на друга и, похоже, вид у нас обоих был неважнецкий.

– Кажется, мне приснился кошмар, – сказал я, пытаясь отдышаться.

Мак молча пялился на меня, пока тлеющая сигарета не обожгла ему пальцы.

– Черт! – вскрикнул он и уронил окурок на пол.

Маклай наступил на него, потом поднял то, что осталось, и опять посмотрел на меня.

– У меня похуже, мен, – произнес он,– Кажись, я видел призрака.

Я встал и подошел к Маклаю. Взял окурок из его рук и положил его в пепельницу на кухонном столе.

– Спокойно, Мак… Ты же сам говорил, что тебе плевать на призраков… Это же бред какой-то, – улыбнулся я,– Мы просто слишком много выпили.

Я взял Мака за плечи и усадил на диван. Взяв со стола пластиковую бутылку с водой, я сунул ее ему в руку.

– Пей!

Мак машинально поднес бутылку ко рту и сделал несколько жадных глотков. Я забрал у Мака бутылку и поставил ее на стол. Мак продолжал сидеть неподвижно, глядя в одну точку.

– Ты как? – спросил я.

– Не знаю,– вздохнул Маклай, – Если по чесноку, то раньше я никогда их не видел…

– Ты о чем?

– О призраках, чувак. Я все придумал… Ну были скрипы и вся эта хрень со звуками и сквозняками. Меня это не парит… Но сегодня я видел кое-что…

– Понятно,– вздохнул я.

Я взял стакан, плеснул в него воды из пластиковой бутылки и протянул стакан Маклаю.

– Глотни!

Маклай отрицательно покачал головой и отодвинул стакан.

– Спасибо, чел...

– Это все твой самогон, Маклай. Если белки бегут, надо сбрасывать обороты, – посоветовал я.

– Это не белки, Ван. Час назад я видел собаку!

– И что?!.. У нее было два хвоста и она материлась?.. Послушай, Мак, не надо придумывать то, чего не существует.

Маклай отрицательно покачал головой.

– Ты не понимаешь, Ван. Я видел собаку графини. Огромного черного дога.

– Да, по хрен! Может у кого-нибудь из дачников есть дог...

– Каких, на хрен, дачников? Дог вышел из нашей двери!

– Ты с утра случайно не принял, бро?

– Принял, бро! Воду из-под крана.

– О'кей... Допустим, здесь не водятся доги. И ты пил не свой глюкогон, а наслаждался водой из-под крана...

– Я видел призрака, чувак.

– Ты видел призрака!.. Что именно ты видел?

– Я проснулся часов в пять, вышел покурить... Покурил, затушил сигу. И вдруг у входа стоит здоровенный такой дог.

Маклай взял стакан, от которого только что отказался, и залпом опустошил его. Потом посмотрел на меня.

– Он смотрит на меня в упор, не мигая. Чувствую, сейчас бросится, сука, и сожрет. Ну, я схватил грабли и на него. Хряп!.. А он исчез... Как будто и не было.

– Его просто не было, Мак, – тихо сказал я.

Он так точно пересказал мой кошмар, только там он набросился на меня, а не на дога.

– Мне тоже приснилась хрень, что... я выходил на улицу в пять утра, – сказал я.

– Так ты тоже его видел?!

– Мне приснилось, чел! И я не видел дога!

Мак не дал мне договорить. Он взахлеб вспоминал подробности своей встречи с догом. Я взял со стола пачку «Примы» и закурил. Слушая бред Маклая, я все больше убеждался в том, что в этом бреде есть доля правды и что мой кошмар тоже слишком похож на реальность.

Я пытался выстроить логику событий, в которой Маклай, возможно, после перепоя принял меня за дога. Крэзи, конечно, но других объяснений у меня не было. Однако, даже если все так, то почему после удара граблями я остался без единой царапины и проснулся в своем кресле? Точнее не в кресле… Я оказался на дороге…

Мне казалось, что я схожу с ума. Я уже не слушал, что несёт Маклай. Собрав силы, я встал, подошел к мойке и, включив кран. Набрав в ладони воды, я плеснул ей себе в лицо. Мне стало легче и я дослушал концовку всей этой бредятины Маклая.

– Короче, Ван, сто пудов, что никто в округе не держит догов. Вот я и подумал… Может, это, он… Дог графини. Ну, типа, призрак.

Мак нервно затушил сигарету о стол и, положив её в тарелку, посмотрел не меня.

– Что скажешь, Ван?

– Скажу, что сегодня мы пьем только минералку.

Я хлопнул Маклая по плечу и добавил:

– Короче, забей!.. Я сгоняю в магаз за минералкой, а ты тут приберись. Если ты еще помнишь, у нас сегодня гости.

– Твоя новая подружка, – вспомнил Маклай и сразу как-то оживился.

Мой друг Маклай обладал удивительной способностью, если разговор заходит о женщинах, он мгновенно забывал обо всем, в том числе и о призраках.

– И когда она придет?– не скрывая любопытства, спросил мой друг.

– Обещала к четырем.

– А как насчет подружки?

– Боюсь разочаровать тебя, Мак, но про подружку мы не договаривались.

Было видно, что это расстроило Маклая.

– Но есть бабушка,– поспешил добавить я, – которая терпеть не может пьющих чуваков.

Мак, наконец, улыбнулся.

– Как зовут?

– Бабушку?

– Внучку, дебил!

– Аннет, – спокойно сказал я.

– Ван, хорош кошмарить меня, чувак! Я только пришел в себя.

– Но её действительно зовут Аннета, – усмехнулся я,– Если тебя это успокоит, то на ту Аннет она совсем не похожа. Я сравнил с портретом.

Маклай встал, слегка шатаяс подошел к раковине и, включив воду, набрал её в ладони и сполоснул лицо.

– О'кей! Лады.

Он вытер лицо кухонным полотенцем.

– Давай, по кофейку?.. И дуй в магаз.

Он со стола взял салфетку и замусоленный карандаш и, пока я готовил кофе, составил список покупок.

Выпив с Маклаем кофе, я отправился в местное сельпо. Магазин стоял на шоссе в километре от автобусной остановки.

Как и в прошлый раз, прошел через дыру в заборе и через лесок вышел к остановке. Там было как-то особенно оживленно. Подойдя ближе, я понял, что народ толпится вокруг места аварии. Разбитая белая шестерка лежала на боку в кювете рядом с дорогой. Но пострадавших в ней уже не было. Милиция оцепила место происшествия и пыталась разогнать толпу, выходящую из подъехавшего автобуса.

В стороне стояла пожилая парочка. Полная тетушка плакала, хлюпая носом. Муж пытался успокоить её, но на нее это особо не действовало. Я подошел к ним поближе и прислушался.

– Говорю же тебе, – причитала тетушка, – Она увидела черную собаку и начала тормозить, но не справилась с управлением.

Мужчина обнял тетушку. Потом достал из сумки бутылку с водой.

– Успокойся, Никуся, глотни водички и подыши.

– Говорила я ей, – Пусть дети тебя возят, – подождала всхлипывать тетушка, – А она?.. Надумала на старости лет за руль садиться… Лучше бы я этого не видела.

– Да, не реви ты. Жива твоя подруга. Я видел, как ей кислородную маску надели, значит, жива, – успокаивал тетушку муж, – Скорая разберется...

Я отошел в сторону. Голоса слились в сплошной гул, в котором смешались мой сон и реальность.

Пешком я дошел до магазина. Вспреки прогнозам Маклая, там была водка. И я решил ее взять в комплекте с апельсиновым соком на случай, если Маку вдруг приспичит пить свой глючный самогон.

Наполнив пакет продуктами по списку, я покинул сельпо. Однако, возвращаться в усадьбу я решил другой дорогой – через главные ворота. Но это не спасло меня от черных мыслей об аварии и белой машине, лежащей в кювете на остановке. Я тщетно убеждал себя, что все это просто совпадение и, между сном и реальностью нет никакой связи и что единственная причина этого бреда – некачественный алкоголь.

Проходя к усадьбе я увидел распахнутые ворота. Вдалеке перед усадьбой стоял минивэн, из которого выносили какие-то коробки.

Подойдя ближе, я увидел Маклая, который придерживал входную дверь, помогая грузчикам заносить какие-то коробки.

– Несите все на второй этаж!– скомандовал он,– Только поосторожнее. Там крутая лестница!

Двое грузчиков довольно ловко затащили коробку в узкий дверной проем. Мак увидел меня и махнул рукой.

– Подожди здесь, Ван!

Я кивнул в ответ. Маклай исчез в дверном проеме, а я устроившись на лавочке, стал наблюдать за разгрузкой. Когда последние две коробки исчезли за дверью, я встал и направился к дому. Уступив дорогу грузчикам, я зашел в нашу коморку. Стоя у лестницы, Маклай подписывал какие-то бумаги. Покончив с ними, он передал бумаги бригадиру грузчиков и, облегченно выдохнув, посмотрел на меня.

– Ну, супер, Ван! Уже картины приехали. А в гостиной еще конь не валялся. Только завтра стройматериалы приедут. Так что, чувак, скоро здесь центр притяжения отгрохают!

Он внимательно посмотрел на меня.

– А ты чо такой кислый?

Я поставил сумку на кухонный стол.

– Третий час, Мак. Вообще-то, ты обещал что-нибудь сварганить на ужин.

– Ах, черт! У нас же гости! Не парься, все успеем, чувак. Так подружка будет?

– Идите на хрен, Маклай!.

– Да, ладно!.. Ты чо, реально запал, бро?

Я плюхнулся на диван и уставился на плафон трехрожковой советской люстры, которая весьма странно смотрелась на потолке, украшенном пафосной лепниной позапрошлого века.

– Там на остановке авария, – сказал я, – Говорят, из-за собаки. Не хочу разочаровывать, но, возможно, это был твой дог..

Грустный дождь за окном отстукивал осенний блюз, я лишь подыгрывал ему на гитаре.

Она пришла, не взирая на погоду, и довольно быстро нашла с Маклаем общий язык. Мне даже показалось, что, он запал на нее.

Аннета не переставая болтала, восхищаясь блинчиками моего друга, а он упивался ее комплиментами. На самогонку мы все же наложили табу. Но Аннет принесла бутылку Шато, от которой было грех отказаться. Она сказала, что купила его в Париже, но все не было повода открыть.

Неспешно потягивая вино из фамильных бокалов, мы с Маком запивали его минералкой, готовясь к глобальному переходу на ЗОЖ. Забыв об утренних кошмарах, мы просто наслаждались обществом Аннет. Она неплохо разбиралась в вине и сразу же поправила Маклая, решившего, что Шато – это регион, в котором выращивают виноград.

– Шато – в переводе это «замок» или «усадьба», если хотите… Дальше обычно пишется имя хозяина винодельни.

Она взяла бутылку и прочитала этикетку.

– Это Шато-Лафит Ротшильд. Вообще-то, Шато это, как знак качества,– улыбнулась Аннет.

– Понял!– сказал Маклай,– Если бы у графини были вино-градники это называлось бы….

– Шато-Аннет!, – предложил я.

– Отличная идея!– засмеялась Аннет, – Нет! Правда, ну есть же сорта винограда для средней полосы. Почему бы их не выращивать здесь?

– Маклай обещает, что скоро здесь будет центр притяже-ния. Так что дегустации не помешают. Как насчет такого бизнеса Мак? Хотя, Маклая больше интересует не вино, а женщины!

– Народ! Я вспомнил анекдот в тему!– объявил Маклай, стараясь привлечь к себе внимание.

Аннет с интересом посмотрела на Мака и он продолжил:

– Так вот! Одного француза спросили, что он больше любит вино или женщин? И знаете, что он ответил?..

Аннет пожала плечами.

– Все зависит от выдержки!– сказал Маклай и громко засмеялся.

Аннет сдержанно улыбнулась.

– Ну, и какой же должна быть выдержка у женщин? – поин-тересовалась она.

Маклай продолжал громко смеяться.

– Думаю, что у женщин Мака она должна быть железной, – ответил я.

Я взял гитару и на чал наигрывать бэби-блюз.

– Это забавно! – засмеялась Аннет, – А у тебя, Иван, как в смысле выдержки?

– В этом смысле, я больше похож на виски.

Мак перестал смеяться. Пригубил вино из фамильного фужера и добавил:

– А я портвейн!

Признание Маклая заставило Аннет, наконец, рассмеяться.

– Классный анекдот, Маклай!

С ней было комфортно. Она смеялась, болтая о всякой

чепухе, и мне казалось, что мы давно уже были знакомы и что сегодняшний день – лишь один из бесконечной череды дней, которые мы провели вместе. Я наслаждался моментом и все больше влюблялся в свою незнакомку, но это чувство казалось немного странным, похожем на дежавю.

Я видел, как Маклай лезет из кожи, чтобы понравиться Аннете, но почему-то это меня не волновало. Напротив, я ценил возможность наблюдать за ней со стороны, наигрывая босанову на своем новеньком «Фендере». Я смотрел на нее и где-то глубоко во мне зрела уверенность, что, несмотря на старания Маклая, ее улыбка, взгляд, интонации, жесты – все это было предназначено мне.

Развлекая Аннет, Маклай открывал перед ней свои фирменные секреты блюд к красным и белым винам. Но исчерпав эту тему, он не нашел ничего лучше, как переключится на мистическую легенду усадьбы Любанцево.

– А кто-то обещал квест с призраками? – напомнила Аннет и посмотрела на меня.

– Это после полуночи.

Отложив гитару, я взглянул на часы и был удивлен, что уже полночь.

– А с бабушкой не будет проблем? – поинтересовался я.

– Я сказала, что возвращаюсь в город, так что….

– Могу устроить экскурсию! – радостно вызвался Маклай.

– Мне обещали квест! – возразила Аннет.

– Для призраков мы мало выпили, – ухмыльнулся я.

– Что ж, господа, накатим самогонки! – предложил Маклай.

Я попытался остановить Маклая.

– А я не против! – улыбнулось Аннета, – Но только не самогон!

Я понял, что ситуация выходит из-под контроля и направился к холодильнику. Достав пакет с заначкой, я выложил сок и водку на стол.

– Круто! – воскликнул Маклай,– Сейчас замутим коктейльчик!

Когда коктейль был готов, Маклай обернулся и был удивлен, что его место рядом с Аннетой занял я.

– Вот так всегда, – огорчился мой друг,– Стоит отвернуться и…

– Все становится на свои места,– улыбнулась Аннет и положила голову на мое плечо.

Мак поставил на стол поднос с фамильными бокалами, наполненными оранжевым коктейлем.

– Итак, квест начинается! – объявил он.

Он поднял один из бокалов.

– Коктейль «Ля цитрон» – в народе Отвертка. Секрет в точной пропорции! Сто пятьдесят миллилитров апельсинового сока и пятьдесят чистейшей столичной водки. Отличный выбор, народ!

Мы потягивали коктейль из экзотических Рождественских трубочек, добытых Маклаем в шкафу.

– Напиток аристократов!– уточнил Мак.

– Вообще-то, аристократы пили чистую водку со льдом! – заметила Аннет.

– Откуда такая инфа?!

– Я историк, – пояснила Аннет.

– Может ты и про Любанских что-нибудь знаешь?– спросил Мак.

– Пока нет. Я думала, Вы мне расскажете. Вы же здесь экскурсоводы?

– Вот и я о том же! – оживился Мак.

Маклай вскочил с кресла и указал пальцем в потолок.

– Там куча старинных портретов и картин. Могу показать!

– С удовольствием!– улыбнулась Аннет,– Но… пусть Иван мне все покажет.

Аннет вопросительно посмотрела на меня.

– Да… Конечно! – немного растерялся я.

Мак был явно разочарован.

– Я понял, – пробурчал Маклай.

Он почесал затылок добавил:

– И почему все красивые девушки, а выбирают не меня Вано?

Аннет улыбнулась и пожала плечами. Потом вдруг встала и направилась к лестнице.

Я замер, глядя ей вслед.

– Чо стоишь, чувак? – прошептал Маклай.

Скорчив дурацкую физиономию, Мак театрально постучал по голове и закатил глаза в потолок.

– Иди!.. Ну, ты и дебил, Ван…

Он схватил со стола начатую бутылку водки, плеснул немного в свой фужер, а остальное сунул мне в руку.

– Фонарик не забудь!

Я кивнул. Маклай толкнул меня в спину, придав мне ускорение.

Мы оказались одни в темном коридоре второго этажа.

– А Вы, Иван, не боитесь призраков? – спросила она.

– Похоже, сегодня они спят.

– Куда теперь?

Я включил фонарик и направил его на дверь справа. Аннет толкнула дверь. Луна освещала спальню графини.

– Похоже, фонарик здесь не нужен, – тихо заметила она.

Мы стояли так близко, что я чувствовал её дыхание. Я коснулся губами её лица и уловил легкий цветочный аромат. Откуда я знал этот запах, едва уловимый микс лаванды с примесью хвои. Было так тихо, что казалось, будто кто-то выключил все звуки. Мертвая тишина: ни шума ветра, ни скрипа рассохшейся двери, только её дыхание рядом со мной.

Свет луны заполнял пустую комнату, роняя блики на скомканный спальник Маклая. Я поднял спальник и бросил его к ногам Аннет. Она улыбнулась. В лунном свете её лицо казалось безупречно белым.

Скинув кроссовки, Аннет осторожно ступила на спальник и, не отводя от меня глаз, взяла меня за руку и медленно спустилась на колени. Я последовал за ней.

Мы смотрели друг на друга, погруженные в холодный таинственный свет.

– Может, выключим луну? – предложил я.

– В этом нет необходимости, – прошептала она и сбросила блузку.

Гигантская туча медленно поглощала луну. Я коснулся ее губ и ощущение эйфории поглотило меня, проникая в каждую клетку кожи и превращая наши тела в плотный сгусток энергии, пульсирующей во Вселенной. Я почувствовал, как растворяют в ней, превращаясь в огромную тучу, готовую рассыпаться дождем. Вслед за звуками исчез и свет.

Я проснулся в спальне графини. Рядом на спальном мешке мирно сопела моя Аннет. Как-то особенно остро я почувствовал аромат ее кожи. Множество звуков сливались в мелодию жизни, но я легко мог слышать каждый из них и даже отделять их друга от друга. Я слышал пение птиц и шелест осенней листвы, гонимой ветром, вибрацию карбоновой крыши над входной дверью и звук машины, промчавшейся за лесом по шоссе.

Я смотрел на Аннет, наслаждаясь только тем, что она рядом. Если бы так было всегда, – подумал я. Но Аннет проснулась и удивленно посмотрела на меня.

– Откуда ты такой?

Я ничего не смог ответить, просто молча наблюдал за ней. Может быть, я еще спал?

Аннет потянулась к блузке и брюкам, лежащим рядом на полу. Она быстро оделась и подошла к одному из ящиков, доставленных из реставрационной мастерской. Приоткрыв его, она достала оттуда какую-то картину, обернутую прозрачной пленкой.

Аннет поставила картину на консольный столик, облокотив ее на стену в том месте, где раньше висело зеркало. Она долго рассматривала ее, стоя ко мне спиной и закрывая от меня полотно. Потом Аннет развернулась и, даже не взглянув на меня, вышла в коридор и направилась к выходу.

Я подошел к картине и только теперь увидел сквозь пленку портрет девушки. Как две капли воды, она была похожа на Аннет.

Я услышал удаляющиеся шаги. Это были её шаги. Я выбежал в коридор, миновал гостиную и спустился к выходу. Пройдя через парадную дверь, я вышел в осенний парк.

Она стояла спиной ко мне у разбитого молнией дерева. Я подошел ближе. Аннет обернулась, склонилась надо мной и погладила меня по голове:

— Пойдем со мной, голубчик… Я назову тебя Сфинкс.

Пронзительный звон будильника на моих часах разорвал тишину театральной гримерной. Я с трудом открыл глаза и увидел, что лежу на потертом диване под грудой театрального тряпья.

Я поднял руку и выключил будильник. На часах было ровно десять. Под мерзкий скрип диванных пружин я встал, зацепив ногой стоящие на полу пустые водочные бутылки. Рядом со мной на диване валялась помятая пачка «Примы». Достав папиросу, я встал и подошел к единственному в гримерке окну с унылым видом на кирпичную стену. Чиркнув зажигалкой, я прикурил.

На улице накрапывал дождь, там за домом шумели машины... В этом городском шуме я вдруг услышал музыку. Сами собой нашлись слова для осеннего блюза:

– Я не умру сегодня, бэби, хоть сердце, как лед... Я не умру сегодня бэби, хоть я уже не тот, что был.... Наш Титаник уплыл...

Докурив папиросу, я взял свой рюкзак и новенький акустический Fender в непромокаемый чехле

– Пора двигаться дальше, – подумал я,– Маклай уж давно ожидает меня...

Облачившись в потертую кожанку, я надел рюкзак и, закинув за плечо гитару, вышел в осеннее утро.

Облачившись в потертую кожанку, я надел рюкзак и, закинув за плечо гитару, вышел в осеннее утро.

www.ingramcontent.com/pod-product-compliance
Lightning Source LLC
Chambersburg PA
CBHW040234170726
48295CB00014B/920